ÉPITRE

A

M. PIEYRE.

Y

ÉPITRE

A

M. PIEYRE,

PRÉFET

DU DÉPARTEMENT DU LOIRET,

PAR M. C. A. CHAUDRUC,

MEMBRE DE PLUSIEURS SOCIÉTÉS LITTÉRAIRES.

A AGEN,

DE L'IMPRIMERIE DE RAYMOND NOUBEL.

1807.

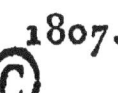

A MESSIEURS

LES MEMBRES

DE LA

SOCIÉTÉ LIBRE D'AGRICULTURE, SCIENCES ET ARTS DU
DÉPARTEMENT DE LOT ET GARONNE, SÉANT A AGEN.

~~~~~~~~~

MESSIEURS,

UN grand bienfait demande une grande
reconnoissance. Quelque vive et quelqu'éten-
due que soit la mienne, elle vous paroîtra

bien foible, si vous en jugez par la modicité de mon hommage.

J'aurois désiré, Messieurs, que le tribut que je vous offre répondît plus dignement et à ma gratitude, et à la bonté encourageante avec laquelle vous accueillites mes premiers essais, lorsque, si jeune encore, vous m'associâtes à vos honneurs et à vos travaux; et lorsqu'enlevé par vos suffrages au banc modeste des élèves, je fus appelé à siéger parmi les maîtres.

Mais si une juste sévérité, Messieurs, vous porte à blâmer *la partie de l'exécution* dans un ouvrage, sans doute, trop au-dessus de mes forces, du moins vous ne pourrez ni improuver le choix de mon sujet, ni méconnoître la pureté du sentiment qui m'a inspiré.

Je le sais, Messieurs, la plupart des

Épîtres composées depuis Horace jusqu'à nous,
ont été des monumens élevés à la flatterie et
à la vanité [1]. On est presque toujours tenté de
soupçonner ces sortes de poèmes, d'adulation et
de flatterie , soit que leurs auteurs les adres-
sent aux grands, aux femmes, aux riches ou
aux gens en place. L'Épître n'est pas exempte
d'exagération , lors même qu'elle n'est qu'un
libre et pur hommage de l'amitié : comme
l'amour , cette divinité porte souvent un ban-
deau sur les yeux. Quand nous jugeons nos
amis , nous consultons moins notre raison
que notre cœur ; nous les voyons , non
comme ils sont en effet , mais comme notre
imagination nous les représente , parés d'une
perfection qui n'est , la plupart du temps ,
qu'idéale.

Toutefois , MESSIEURS, quelque communs

---

[1] Nous exceptons de ce nombre les Épîtres *philo-
sophiques* ou *morales*.

que soient les défauts reprochés à l'*Épître*,
le plus attachant de tous les genres de
poésie [1], parce qu'il se plie avec une égale
facilité à tous les tons et à tous les styles, et
que tous les sujets lui conviennent, j'ose
croire que l'Épître à M. *Pieyre* vous paroîtra
exempte de ces vices : l'amitié y parle cons-
tamment le langage de la justice, et elle en
montre toute l'impartialité.

Mieux que personne, MESSIEURS, vous
pouvez l'attester, vous qui eutes si souvent
l'occasion d'apprécier les connoissances et l'habileté dont ce sage Magistrat a fait preuve
dans l'administration de cette Province ; vous
qui futes à portée d'admirer l'heureuse variété

---

[1] Nous en avons la preuve dans le haut intérêt que
nous inspirent les épîtres d'Horace, de Boileau, de
Voltaire et de Pope, (nous comptons parmi les Épîtres
de ce dernier l'*Essai sur l'Homme*), et dans le plaisir
que nous procure la lecture de ces poèmes,

de ses talens et les richesses inépuisables de
son esprit et de son cœur : réunion bien rare
du *bon* avec le *beau* ! noble alliance des qualités qui font le citoyen utile , et l'homme
aimable et vertueux !

Tels sont, MESSIEURS, les titres de M. *Pieyre*
à mes éloges et à nos hommages : ces titres,
vous les reconnutes hautement , lorsqu'à
l'arrivée de cet estimable Administrateur dans
le département de Lot et Garonne, vous lui
ouvrites avec empressement les portes de votre
Académie ; et quand, bientôt après , vous
l'appelâtes à l'honneur de vous présider.

Heureux, MESSIEURS, d'être aujourd'hui
près de M. *Pieyre* l'interprête des sentimens
de la Société ; je ne le suis pas moins d'avoir
trouvé une occasion de vous faire agréer mon
zèle et mon dévouement, et de m'acquitter
d'une partie des obligations que j'avois con-

tractées envers vous au moment de mon adoption.

Je suis avec respect,

M<small>ESSIEURS</small>,

Votre dévoué Collégue.

C. A. CHAUDRUC.

ÉPITRE

A

M. PIEYRE,

PRÉFET

DU DÉPARTEMENT DU LOIRET.

Digne organe des lois, magistrat vertueux,
Profond dans le grand art de faire des heureux,
Qui, dans les champs du Lot (1), aux rives de la Loire,
Aux plus doux souvenirs consacras ta mémoire ;
Des Mégrets (2), des Turgots (3) l'émule et le rival,
Toi que la France un jour nommera leur égal ;
O que j'aime à te voir, ressuscitant leur zèle,
Cher Pieyre, te montrer à leur gloire fidèle !

Quels utiles projets et quels soins bienveillans
De ta vaste pensée excitent les élans !

Aux peuples du Loiret tu vouas ta tendresse ,
Le soin de leur bonheur te captive sans cesse ;
Fidèle à leur amour, accessible à leurs vœux ,
Tu crains de leur ravir tes momens précieux :
Plus que la gloire encor leur amitié t'est chère ,
Et ta plus douce étude est celle de leur plaire.

De ton cœur paternel j'aime le dévoûment ;
Mais quelquefois l'esprit veut un délassement :
Les Muses des grandeurs t'ont frayé la carrière (4) ;
Ingrat ! oserois-tu déserter leur bannière ?
Ah ! le sage toujours fut l'ami des neuf Sœurs ;
Le genre humain leur doit ses premiers précepteurs ;
Et du conseil des Rois la prudente Déesse ,
Est celle des beaux-arts comme de la sagesse.

Ainsi que de Louis , ministre d'Apollon ,
Turgot dicta ses lois dans le sacré vallon ;
Les arts qu'il protégea charmèrent sa disgrace ,
Et ce fils de Plutus (5) près d'eux obtint sa grâce (6).
C'est eux qui , dans l'exil , suivoient la Chalotais ,
Et de son rang perdu consoloient Nivernais (7).

Amis dans la faveur, au sein de l'infortune ,
Ils ne repoussent point une plainte importune ;

Et s'ils savent remplir le vide des grandeurs,
Ils portent avec nous le poids de nos malheurs.

Aime donc les beaux-arts, propage leur culture;
Mais honore avant eux la noble agriculture :
Fais observer son code et vénérer ses lois :
Le soc de Triptolème a reconquis ses droits;
Et la charrue, objet du culte de notre âge,
Au superbe trident dispute notre hommage.
Le laboureur, soutien, nourricier des états,
Leur donne, tour-à-tour, du pain et des soldats;
Son champ de leur splendeur est la source sacrée.

Protége le commerce, énorme Briarée,
Dont le colosse immense et les cent bras ouverts,
Dans leurs replis nombreux enlacent l'univers;
Et qui, pour les mortels, ouvrant ses mains fécondes,
De ses dons précieux enrichit les deux mondes :
Ils doublent nos plaisirs, s'ils doublent nos besoins.

A l'active industrie accorde aussi tes soins :
Dans nos vastes cités, séjour de l'opulence,
C'est elle qui répand la vie et l'abondance.
Là, quand par le travail le pauvre s'enrichit,

Du fardeau de son or le riche s'affranchit.
Par ces tributs divers féconde ta province,
Cher PIEYRE, c'est servir la Patrie et ton Prince.

Faut-il payer ces biens, acquitter ces présens ?
Attends peu, toutefois, de soins reconnoissans.

Contemple ces héros, demi-Dieux de l'histoire,
Dont un culte tardif venge enfin la mémoire :
C'est en vain qu'aux humains prodiguant leurs bienfaits,
Aux peuples tout sanglans ils rendirent la paix ;
Qu'ils donnèrent des lois à des tribus naissantes,
Couvrirent les déserts de cités florissantes ;
Vivans, l'ingratitude a payé leurs travaux.
Alcide, qui dompta les monstres infernaux,
Au courroux du destin, livré pendant sa vie,
Éprouva que la mort dompte seule l'envie.
Toujours d'obscurs rivaux fixent d'un œil jaloux,
Le mortel inspiré qui les éclipse tous :
D'un succès importun victime expiatoire,
Seul le trépas l'absout du crime de sa gloire.

Quel sera donc le prix d'un zèle généreux (8) ?
Le plaisir toujours pur de faire des heureux ;

Le charme d'un bonheur qu'avec eux l'on partage ;
Du temps et de Clio l'impartial hommage ;
Enfin, de vrais amis, juges dont l'équité
Devancera l'arrêt de la postérité.

Pour les cœurs vertueux, la douce bienfaisance
Avec elle toujours porte sa récompense.

Ainsi, quand fatigué de la pompe des cours,
Colbert cherchoit à *Sceaux* la paix et les beaux jours,
Bientôt en contemplant ces campagnes fertiles,
Qu'au soc du laboureur sa voix rendit dociles,
Ces utiles colons, dont il combla les vœux,
Des larmes de bonheur s'échappoient de ses yeux.

Brave de vains propos que la haine envenime :
C'est la dent du serpent qui veut briser la lime.
Le grand homme qu'attend un noble souvenir,
A son siècle étranger, vit tout dans l'avenir.

Sottise, dans ses fils, respecte son ouvrage :
La médiocrité seule échappe à sa rage.

Vois près de ses flatteurs ce lourd et plat Damis ?
Chacun célèbre en lui l'esprit de ses commis :

Comme ses sots discours l'on vante son silence ;
Au bon mot qu'il va dire, on applaudit d'avance :
Grâce à son cuisinier, son habit, ses dédains,
Le vulgaire hébété l'admire, et bat des mains.
Je crois voir de Fondi (9) le préteur imbécile,
Étalant ses grands airs dans sa petite ville :
Ignoble parvenu de qui le sot travers,
D'un voyage fameux sut égayer les vers (10).

C'est par d'autres sentiers qu'atteignant son modèle,
VILLENEUVE (11) avec toi rivalise de zèle ;
Et que ton noble émule, aux champs de l'Agenois,
De l'Hercule français il fait chérir les lois.

Je sais qu'à peu d'élus la gloire ouvre son temple.
Pour un mortel fameux, que l'avenir contemple,
Chaque heure, dans sa fuite, en compte par milliers,
Qu'un avide cercueil absorbe tout entiers.
Doit-on plaindre leur sort?.. Gardons-nous de le croire.
«Je préfère un beau jour à mille ans dans l'histoire (12)»
S'écrioit de *Rosback* le vainqueur redouté :
La gloire rarement vaut ce qu'elle a coûté.

Qu'un autre des grandeurs fasse l'apprentissage,

Moi, de l'obscurité, je chéris l'apanage.

Le sage dans ses goûts, pareil à l'humble fleur,

Doit cacher aux humains sa vie et son bonheur.

Sous les murs de Clairac (13), près des rives fécondes,

Que le Lot enrichit du trésor de ses ondes,

J'ai goûté ce bonheur qu'on invoque toujours ;

Hôte aimable des champs, ainsi que les beaux jours,

Charme de l'âge-d'or, félicité du sage,

Que ne peut me ravir la fortune volage.

Trop souvent dans les pleurs de ses humbles sujets,

Cette reine des cours a trempé ses hochets.

Denis le magister, dans son modeste asile,

Ne portoit point envie au tyran de Sicile :

Philosophe à Corinthe, et sage à ses dépens,

Au trône qu'il perdit il préféroit ses bancs (14).

Fortune, je n'ai pas regret à tes largesses !

Nouveau Bias, je porte avec moi mes richesses ;

Et je sais, comme lui, préférer à ton or

De plus solides biens, un plus noble trésor.

O Nymphes d'Hélicon, Muses inspiratrices !

Mes premières amours, mes constantes délices ;

2

Ah ! puissé-je toujours, riche en doctes loisirs,
Dans vos doux entretiens, concentrer mes plaisirs ;
Et n'avoir, en vivant sous vos lois bienfaisantes,
Pour maître qu'Apollon, et que vous pour amantes !

Mais la retraite, ami, cette sœur du repos,
N'est offerte au talent qu'après de longs travaux :
C'est par des soins nombreux, de nobles sacrifices,
Qu'il achète un loisir qu'ont payé ses services.
Le Dieu régulateur des saisons et des jours,
Interrompt-il sa marche au milieu de son cours ?
Comme ce blond Phébus, père de la lumière,
Fournis, sans t'arrêter, ton utile carrière :
C'est l'arrêt de l'honneur, c'est l'ordre du devoir.
Mais, pour te consoler des soucis du pouvoir,
Un fils, ton digne élève, une épouse chérie,
Un frère, le disciple et l'orgueil de Thalie (15) ;
T'offrent de leur amour les doux épanchemens :
Quel ennui te suivroit dans leurs embrassemens !
Ah ! loin de toi, mon cœur partage leur ivresse ,
Et mes vœux ont suivi l'ami de ma jeunesse.

FIN.

NOTES.

« LES lettres de ce temps , dit Montaigne , sont plus en bordures et préfaces , qu'en matière ». Notre siècle , sous ce rapport , comme sous une foule d'autres , ne le cède point à celui de l'Auteur des Essais ; et il faut avouer que de nos jours on possède au suprême degré , le talent de multiplier , sans beaucoup de frais d'esprit et de temps , les pages d'un ouvrage ; et selon les expressions d'un des rédacteurs de la *Revue Philosophique* , *l'art de faire le volume.* Quoique nous sentions ce qu'ont , le plus souvent , de ridicule , et même d'abusif pour le public , ce petit manége et ces ruses innocentes de MM. les auteurs , éditeurs et libraires, nous avons cru devoir joindre quelques notes à cette Épître , non pour *payer tribut à la mode,* mais parce que ces développemens nous ont paru nécessaires à l'intelligence du texte.

(1) Qui , dans les champs du Lot, aux rives de la Loire.

M. Jean Pieyre , membre distingué de l'Assemblée législative , étoit Préfet de Lot-et-Garonne , lorsque S. M. l'Empereur et Roi , toujours attentif à récompenser tous les genres de mérite et de services , l'a nommé Préfet du Loiret.

(2et3) Des Mégrets, des Turgots l'émule et le rival.

Antoine Mégret-d'Étigny , intendant d'Auch , Pau et Bayonne : « Un des plus habiles commissaires-départis qu'il y ait eu sous le règne de Louis XV ; un véritable homme de génie et d'état » , dit l'auteur de la vie privée de ce Prince : (*Vie privée de Louis XV*, tom. 4, édit. de 1781). M. d'Étigny a plus fait en dix – huit ans pour la province de Gascogne, que tous les Intendans qui l'avoient précédé , et que tous ceux qui l'ont suivi. De Bayonne à Toulouse, des Pyrénées à la Garonne, des monumens imposans , des travaux immenses , tous essentiels à la prospérité publique , déposent de son génie et de son zèle. Il consacra à ces travaux la majeure partie de son riche patrimoine.

Un magistrat (a) , qui administre dans les mêmes contrées que M. d'Étigny , et qui marche sur les

(a) M. Balguerie , Préfet du département du Gers.

traces de cet intendant, a fait restaurer son mausolée, renversé par le vandalisme révolutionnaire, et obtenu du Gouvernement l'autorisation de lui ériger une statue en marbre. Ce monument, digne de l'amour et de la reconnoissance des habitans du Gers, décorera incessamment la principale place publique d'Auch, chef-lieu de l'ancienne généralité de Gascogne, et l'un des principaux théâtres des bienfaits et des travaux de M. d'Étigny.

M. *Turgot*, l'émule et en quelque sorte le disciple de M. d'Étigny, exécuta dans le Limousin une partie des travaux qui ont à jamais rendu chère aux habitans de la Gascogne, la mémoire de ce dernier administrateur.

M. Delille a bien caractérisé M. Turgot, en le nommant, dans son beau Poëme de l'Imagination (chant VII), *l'ami des vertus, des arts, et de la France*. Comme M. d'Étigny, M. Turgot mourut jeune, contrarié, découragé, et en proie à la calomnie. Tous deux emportèrent dans la tombe le regret de n'avoir pu faire qu'une partie du bien qu'ils projettoient. Après leur mort, on leur a rendu justice.

On n'aime que la gloire absente :
La mémoire est reconnoissante,
Les yeux sont ingrats et jaloux.

M. LEBRUN, ode à Buffon.

(4) Les Muses des grandeurs t'ont frayé la carrière.

Dans un ouvrage lu à l'académie du Gard , et in-
séré dans ses mémoires , M. Vincens-Saint-Laurent ,
secrétaire de cette Société et correspondant de l'Institut de France, parle en ces termes de M. Pieyre... :
« Et cet homme , à qui la nature a départi tant de
» sortes d'esprit et de talens , et le privilége d'une
» facilité qui le rend propre à tout, qui fut, à la fois ,
» métaphysicien , littérateur , poète , et qui signale
» aujourd'hui son habileté pour l'administration, dans
» le poste éminent où l'a placé la confiance du mo-
» narque ». *Notice des travaux de l'Académie du
Gard. Éloge de M. Griolet, pag.* 131. M. Pieyre
appartenoit, avant la révolution, à diverses Académies
de France et d'Italie. Il a composé , dans sa jeunesse ,
plusieurs Comédies dignes de la représentation. Une
de ces pièces avoit été acceptée par les Comédiens
français, et alloit être représentée sur le théâtre de la
nation , lorsque la révolution survint.

Nous avons lu avec un véritable plaisir , dans le
Recueil des travaux de la Société littéraire d'Agen ,
pendant le cours de l'an XII , un opuscule poétique de
M. Pieyre , intitulé : *Épître à mon ami , écrite de la
fontaine de Nîmes ;* ouvrage plein de naturel , de sentiment et de poésie. Le fragment que nous allons en
citer suffira pour justifier nos éloges.

Là (a), sur-tout, Philomèle habite en souveraine.

Souvent un jour douteux éclaire encore à peine,

J'entends le peuple ailé, dans ses joyeux concerts,

Former un son confus de mille sons divers.

Le rossignol, choqué de ce bruyant ramage,

Prélude, et de sa cour vient recevoir l'hommage :

A sa voix, ses sujets, soumis, respectueux,

Terminent à l'instant leurs cris tumultueux.

Lui, fier de son triomphe et de leur dépendance,

Sur vingt tons différens siffle, roule et cadence ;

Puis, cessant tout-à-coup ses chants délicieux,

Sous un feuillage épais il se cache à leurs yeux.

La troupe des oiseaux, par sa fuite enhardie,

S'efforce d'imiter sa tendre mélodie :

Il écoute en secret leurs essais impuissans ;

Et, sans se laisser voir, par les plus doux accens,

Du fond de sa retraite annonçant sa présence,

Pour la seconde fois il les force au silence.

Honteuse, à flots pressés la peuplade s'enfuit ;

A travers ces bosquets mon regard qui la suit,

La voit se reposer sur ces voûtes antiques,

De la grandeur de Rome immortelles reliques.

A cet auguste aspect, mon esprit exalté

Aux siècles de sa gloire est soudain transporté.

Je crois voir sur leur vol un vénérable augure,

De l'avenir douteux sonder la nuit obscure :

Et, dans les champs de Mars, des milliers de soldats

(a) Les bosquets de la fontaine de Nîmes.

Attendre impatiens le signal des combats.

Des Romains à mes yeux tout retrace l'image ;

De leurs puissantes mains je vois par-tout l'ouvrage :

Ces pavés façonnés en marbres inégaux,

Que n'ont pu dégrader ni le temps ni les Gots ;

Cette massive tour qui, même en sa ruine,

Sur les plaines au loin superbement domine ;

Ce temple d'un goût pur, dont l'artiste enchanté

Admire l'élégance et la simplicité :

Dans ces bassins profonds, dans cette onde glacée,

Une jeunesse active, aux fatigues dressée,

Le front couvert de hâle et trempé de sueur,

Par d'utiles plaisirs exerçant sa vigueur.

Combien de traits frappans dans cette étroite enceinte !

Deux peuples de leurs mœurs y font sentir l'empreinte ;

Des siècles entassés tout y marque les pas,

Et le ciel y paroît rassembler deux climats.

A ce brillant parterre, à ces fraîches allées

Que l'art a dessiné, que l'art a nivelées,

S'oppose un coteau sec, dont l'âpre nudité

De la nature inculte offre la majesté ;

Du paisible olivier la feuille pâlissante

Rehausse des tilleuls la verdure naissante ;

Des vases à grands frais surchargés d'ornemens,

S'élèvent à côté des plus beaux monumens :

Et par-tout mes regards observent le contraste

Du noble et du riant, de la gloire et du faste.

L'auteur de l'Épître à M. Pieyre, a peint ce Magis-

trat, dans les vers suivans qu'il lui adressa, tandis qu'il
étoit Préfet du département de Lot-et-Garonne :

Sincère, généreux, et de vertu stoïque ,
Ami, chacun de nous t'admire et t'applaudit ;
Et tel gascon qui pour toi renchérit
Sur son style hyperbolique ,
En vantant ta candeur, tes grâces, ton esprit ,
S'étonne d'être véridique.

(5 et 6) Et ce fils de Plutus près d'eux obtint sa grâce.

On sait que M. Turgot passa de l'intendance de
Limoges au contrôle général. C'est à ces dernières
fonctions que l'auteur fait allusion dans ces vers.

Nous ne pouvons nous refuser au plaisir de rappeler
ici les beaux vers de M. Lebrun, sur les disgraces, et,
en particulier, sur celle de M. de Maurepas. Ces vers,
qui font partie du Poëme de la Nature (ouvrage si
long-temps et si vainement attendu), parurent pour
la première fois, en janvier 1787, dans le *Journal
français*, rédigé par MM. Palissot et Clément.

Ministres, qui lanciez des foudres infidèles ;
Aigles, dont le tonnerre a consumé les ailes ;
Favoris, qui tombez du sommet des grandeurs,
De Palès et des Rois comparez les faveurs :
Le sort, qui vous flattoit, vous insulte et s'envole ;
D'un peuple adorateur vous n'êtes plus l'idole :

L'orage a dispersé vos fragiles amis,
Et votre œil ne voit plus que des yeux ennemis.
Laissez à vos jaloux leurs disgraces prochaines :
Seriez-vous assez vils pour regretter des chaînes ?
Vous fondiez le bonheur sur un glissant écueil ;
Vos destins, si vantés, dépendoient d'un coup-d'œil ;
Vos fronts touchoient l'olympe : un souffle du caprice
Détruit, de vos grandeurs, tout le frêle édifice.
Ah ! sont-ce de vrais biens qu'un souffle peut ravir,
Ou qu'on ne peut goûter qu'en daignant s'asservir ?

Qu'est-ce qu'un favori, si fier de ses entraves ?
Le second des tyrans, le premier des esclaves.
Sous l'or de vos lambris avec pompe enchaînés,
A l'envie, aux flatteurs, par état condamnés,
Il vous falloit gémir sous le poids des intrigues,
Au sein de la mollesse expirer de fatigues,
D'ennemis caressans tromper l'œil dangereux,
Pour feindre le bonheur oublier d'être heureux ;
Et voués, sans relâche, aux chagrins politiques,
Souffrir d'un maître altier les dégoûts despotiques.

Que d'inquiètes nuits ! que de pénibles jours,
Perdus dans le torrent des orageuses cours !
Dans ces vains tourbillons où l'on respire à peine ;
Dans ce bruyant dédale où l'envie et la haine,
L'ambition, l'orgueil, la vengeance, l'amour,
Divisés d'intérêt, se croisent tour-à-tour,
Vous n'aviez point vécu ; votre ame va renaître :

Vous serez sans flatteur, mais vous serez sans maître.
Au lieu de ces grandeurs, piéges des souverains,
Palès vous offre encor des jours purs et sereins;
Le tranquille sommeil, l'amitié, l'abondance,
La paix, les doux loisirs, la noble indépendance :
Ces biens, que la faveur n'eût pu vous obtenir,
Le courroux vous les donne, en croyant vous punir !

La fortune, en fuyant, vous cède à la sagesse;
L'oubli des faux trésors sera votre richesse.
L'aveugle ambition sut trop vous éblouir ;
Réparez vos destins, apprenez à jouir.
Quel que soit des grandeurs l'écroulement funeste,
Le sage ne perd rien quand sa vertu lui reste.
Palès vient, en riant, le couronner de fleurs :
C'est aux rois, aux rois seuls qu'il donne encor des pleurs;
Superbes malheureux qu'asservit leur couronne,
Et loin de la nature exilés sur le trône.

Quittez ce rang fatal, cette cour, ces lambris;
De vous-même, en secret, rassemblez les débris;
Et du faîte orageux de ces temples profanes,
Descendez, sans rougir, vers nos humbles cabanes.

Maurepas fut heureux à l'ombre de nos bois;
L'amitié le suivit loin du palais des Rois.
Nivernois, Flamarens, les Muses et les Grâces
Embellirent encor ses heureuses disgraces :
Il cultiva Minerve en ses rians loisirs;

Il fit à ses rivaux envier ses plaisirs ;

Il mérita qu'un Roi, pour guider sa jeunesse,

Au fond de ses déserts vînt chercher la sagesse :

Plus grand dans son exil, qu'il ne le fut jamais

Quand il eut, dans ses mains, le trident des Français.

Suivez ce digne exemple : et loin des diadêmes,

Méritez des jaloux, soyez rois de vous-mêmes ;

Honorez vos malheurs, rendez grâce aux revers ;

Et la foudre, en tombant, n'a brisé que vos fers.

(7) Et de son rang perdu consoloient Nivernais.

Mancini-Mazarini-Nivernois. Il survécut à son rang et à sa fortune, et trouva dans le commerce des Muses un dédommagement à ces pertes. Protecteur des lettres dans son élévation, elles le protégèrent à leur tour, et le consolèrent dans son abaissement : elles lui rendirent ainsi tous les bienfaits qu'elles avoient reçu de lui. Un de nos Poëtes a dit, dans la révolution, de cet ancien grand-seigneur :

Nivernois au Parnasse est encor Duc et Pair.

(8) Quel sera donc le prix d'un zèle généreux ?

Les vers de la tirade précédente sont une imitation libre de ce passage de l'épître d'Horace à Auguste.

Romulus, et Liber pater, et cum Castore Pollux,

Post ingentia facta, Deorum in templa recepti,

Dum terras hominumque colunt genus, aspera bella
Componunt, agros assignant, oppida condunt,
Ploravere suis non respondere favorem
Speratum meritis. Diram qui contudit hydram,
Notaque fatali portenta labore subegit,
Comperit invidiam supremo fine domari.
Urit enim fulgore suo, qui præagravat artes
Infra se positas : extinctus amabitur idem.

HOR. *Ep. 1, Lib. 2.*

(9) Je crois voir de Fondi le préteur imbécile.

Fondi étoit une ville municipale du Latium, dans le canton des Ausones, sur un petit golfe de son nom, à vingt mille de Terracine. Fondi fait aujourd'hui partie de la terre du Labour, et appartient au Royaume de Naples.

(10) D'un voyage fameux sut égayer les vers.

Fundos Aufidio Lusco prætore libenter
Linquimus, insani ridentes præmia scribæ,
Prætextam, et latum clavum, prunæque batillum.

HOR., *Sat. 5, Lib. 1.*

(11) VILLENEUVE avec toi rivalise de zèle.

M. *de Villeneuve-Bargemont*, aussi recommandable par les qualités de son cœur et de son esprit, que par

sa naissance, a succédé à M. Pieyre, dans les fonctions de Préfet de Lot-et-Garonne. M. de Villeneuve
étoit Sous-Préfet à Nérac, lorsque le choix de l'Empereur et le suffrage des habitans de Lot-et-Garonne,
l'appelèrent à la préfecture de ce département. Dans
la première de ces places, M. de Villeneuve s'est fait
chérir de ces mêmes hommes que Henri IV nommoit
ses amis. Pendant son séjour à Nérac, M. de Villeneuve a consacré ses loisirs à écrire l'histoire de cette
ville. C'est un titre de plus qu'il a acquis à la reconnoissance de ses habitans.

On trouve, dans l'Ouvrage dont nous parlons, plusieurs particularités intéressantes sur les ducs d'Albret,
anciens souverains de Nérac, capitale du duché de leur
nom, et sur leur cour; principalement sur Henri IV, sa
mère, sa première femme, ses amis, ses maîtresses, ses
déguisemens, ses reparties; et sur les calvinistes, les
savans que Jeanne d'Albret appeloit près d'elle, etc.
Le style de l'Auteur prête encore un nouvel attrait à
ces détails, déjà pleins de charmes par eux-mêmes,
comme tous ceux qui concernent ce monarque chéri :

Seul Roi de qui le peuple ait gardé la mémoire.

Un grand nombre de traits et d'anecdotes de la vie
du bon Henri, rapportés par M. de Villeneuve, n'a-
voient point encore été recueillis, et n'étoient connus
que des seuls habitans de Nérac, chez qui la tradition
les avoit conservés.

Le nom de ce Prince, que l'on retrouve presqu'à
chaque page de cette histoire, suffiroit seul pour
assurer le succès de cet Ouvrage, et le rendre cher à
tous les bons Français.

(12) « Je préfère un beau jour à mille ans dans l'histoire ».

Un seul jour de bonheur vaut mille ans dans l'histoire.

FRÉDERIC II.

(13) Sous les murs de *Clairac*, près des rives fécondes.

Jolie petite ville du département de Lot-et-Garonne,
à une lieue environ au-dessus d'Aiguillon, sur la rive
droite du Lot, et dans une des plus agréables et des plus
fertiles plaines qu'arrose cette rivière. Clairac est
renommé pour l'excellent tabac que fournit son terri-
toire.

(14) Au trône qu'il perdit, il préféroit ses bancs.

«Après qu'il eust esté chassé de sa seigneurie (du trône
de Sicile), comme quelqu'un lui demandast : — Que
t'a maintenant servy Platon et toute sa philosophie?—
Elle m'a servy de ce que je porte patiemment la mu-
tation et le changement de ma fortnne.» *Œuvres morales de Plutarque, trad. d'Amyot. Apothegmes des
Rois et grands Capitaines, édit. de* 1802, *tom.* 3,
pag. 282.

(15) Un frère, le disciple et l'orgueil de Thalie.

M. *Alexandre Pieyre*, correspondant de l'Institut de France, et auteur de l'*École des Pères*, comédie en cinq actes et en vers. Cette pièce, l'une des meilleures qui ait paru dans le xviii.ᵉ siècle, a fait la réputation de M. Alexandre Pieyre. On se rappelle encore le long et brillant triomphe que l'École des Pères obtint, dans sa nouveauté, sur le théâtre de la Nation: son succès depuis a été constant.

M. Alexandre Pieyre a composé plusieurs autres comédies d'un mérite égal à celui de sa première pièce. Quand se déterminera-t-il à en enrichir la scène française, et à en faire jouir le public, qui a accueilli si favorablement son coup d'essai ?

FIN DES NOTES.

www.ingramcontent.com/pod-product-compliance
Lightning Source LLC
Chambersburg PA
CBHW061622180626
46818CB00005B/2185